VENTE
du Lundi 11 Février 1907
Hôtel Drouot, Salle n° 7

DESSINS
ANCIENS & MODERNES

Aquarelles, Gouaches

Miniatures

TABLEAUX
de diverses Ecoles

Février 1907

Commissaire-Priseur
Mᶜ Maurice DELESTRE
Expert
M. Paul ROBLIN

CATALOGUE

DE DESSINS

ANCIENS ET MODERNES

Principalement de l'Ecole Française

AQUARELLES, GOUACHES

MINIATURES

TABLEAUX

de diverses Ecoles

DONT LA VENTE AUX ENCHÈRES PUBLIQUES AURA LIEU

Hôtel des Commissaires-Priseurs, rue Drouot, N° 9

Salle n° 7

Le Lundi 11 Février 1907, à Deux heures

Commissaire-Priseur	Expert
Me Maurice DELESTRE	M. Paul ROBLIN
5, Rue Saint-Georges	65, Rue Saint-Lazare

EXPOSITION PUBLIQUE

Le Dimanche 10 Février 1907, de deux heures à six heures

CONDITIONS DE LA VENTE

Elle sera faite au comptant.

Les Adjudicataires paieront *dix pour cent* en sus des enchères.

L'Exposition mettant le public à même de se rendre compte de l'état et de la nature des pièces, aucune réclamation ne sera admise une fois l'adjudication prononcée.

ORDRE DE LA VACATION

Dessins modernes . . . . . N°s 14 à 52
Tableaux . . . . N°s 1 à 13
Dessins anciens . . . . . . N°s 53 à 174

DÉSIGNATION

TABLEAUX

Anciens et Modernes

BOILLY (Louis)

1. Portrait de femme âgée.
   Toile.   (H. 0,21. L. 0,16).

BREUGHEL (d'après Jan)

2. Paysages avec rivières et nombreux villageois au premier plan. Deux pendants.
   Bois.   (H 0,22. L. 0,31).

CHALLE (attribué à)

3. Danaë.
   Bois.   (H. 0,18. L. 0,23).

ECOLE FLAMANDE

4. Les Buveurs. — La Lecture de la lettre. Deux pendants.
   Toiles.   (H. 0,35. L 0,40).

ECOLE FRANÇAISE (XVIII᷃ siècle)

5. **Portrait de femme avec roses au corsage.**
   Toile. (H. 0,55. L. 0,47).

ÉCOLE FRANÇAISE

6. **Portrait de femme coiffée d'un bonnet. Epoque de 1820.**
   Toile. (H. 0,54. L. 0,45).

GÉRARD (attribué au Baron)

7. **Portrait du Sculpteur Canova.**
   Esquisse. (H. 0,12 1/2. L. 0,12 1/2).

GERICAULT (attribué à Th.)

8. **Léda.**
   Toile. (H. 0,18. L. 0,24).

JORDAENS

9. **Le Centaure et Déjanire.**
   Esquisse sur bois. (H. 0,16. L. 0,16).

MIGNON

10. **Nature morte. Radis, groseilles et cristaux.**
    Toile signée *Mignon 1674*.
    (H. 0,60. L. 0,51).

RAFFET (attribué à Aug.)

11. Portrait d'un militaire, profil.

    Bois.   (H. 0,18. L. 0,12).

VAN DAEL (attribué à)

12. Corbeille de Fleurs.

    Bois.   (H. 0,34. L. 0,26).

VAN DER WERFF (Adr.)

13. Sujet mythologique.

    Bois.   (H. 0,34. L 0,27).

DESSINS & AQUARELLES

modernes

ANONYME

14. **Armoiries de la Reine Marie-Antoinette.**
Aquarelle.   (H. 0,10. L. 0,08 1/2).

BOUDIN (E.)

15. **Plage de Berck.**
Aquarelle. Signée des initiales.
(H. 0,11 1/2. L. 0,22).

16. **Plage de Trouville.**
Aquarelle. Signée et datée 70.
(H. 0,15. L. 0,28).

DECAMPS (attribué à Al.-Gabriel)

17. **Charrette à l'entrée d'une grange.**
Pierre noire.   (H. 0,19. L. 0,27).

DUFEU (E.)

18. **Tête de Vieillard, d'après Masaccio.**
Crayons de couleurs.   (H. 0,42. L. 0,31).

DUPONT (Bensa)

19. Le menuet.

> Aquarelle signée.　　　　(H. 0,22. L. 0,21).

ECOLE FRANÇAISE (XIX° siècle)

20. La Paysane séduite. — Le retour au Village. Deux pendants.

> Plume et lavis.　　　　(H. 0,19. L. 0,28)

ECOLE DE 1830

21. Une plage à marée basse.

> Aquarelle.　　　　(H. 0,15 1/2. L. 0,22 1/2).

GAVARNI

22. Nos conquêtes. Episode de la prise de Rome.

> Aquarelle. Signée.　　　　(H. 0,20 1/2. L. 0,16).

GIACOMELLI (Hector)

23. Paysages et sujets d'oiseaux. Six dessins.

> Plume et lavis rehaussés de gouache. Un est signé des initiales.

HENNER (J. J.)

24. Paysage.

> Etude au crayon noir rehaussé de blanc. Signé et daté 1897.　　　　(H. 0,15. L. 0,21).

HERVIER

25. **Intérieur villageois.**
> Aquarelle *Rouen 183...* (H 10 1/2. L. 15 1/2).

26. **Paysanne, vue de dos.**
> Aquarelle. Signée du monogramme. *Rouen 1837.*
> (H 0,14. L. 0,08).

27. **Feuille de croquis : Marchands de la rue et charrettes attelées.**
> Aquarelle. Signée : *n° 14, Hervier, 1847.*
> (H. 0,11. L 0,13 1/2).

28. **Paysage.**
> Mine de plomb. Cachet de l'artiste, 1848.
> (H. 0,08 1/2. L. 0,14).

29. **Place chevalier du guet. Paris, 1848.**
> Mine de plomb et aquarelle. Signée : *20 mai 1848.*
> (H. 0,10. L. 0,13).

HESSE

30. **Portrait de femme.**
> Sépia. Signé et daté 1816. Cadre ancien époque Empire. (H. 0,17. L. 0,14).

LAZERGES (Paul)

31. **Intérieur d'une maison arabe.**
> Esquisse peinte. Signée. (H. 0,18. L. 0,26).

LE BLANT

32. **Episode de chouanerie.**
> Plume. Signé. (H. 0,19. L. 0,14).

LECOMTE (Hippolyte)

33. **Carabinier tenant trois chevaux par la bride.**

Mine de plomb. Signé et daté 1835.

(H. 0,12. L. 0,17 1/2).

MARTINET

34. **Allez dire à vos chefs que nos aigles sont en sûreté...**

Aquarelle. — On y a joint la gravure coloriée.

(H. 0,22. L. 0,34).

MARTINET (Louis)

35. **Un grognard.**

En vêtements civils, coiffé d'un bicorne à cocarde, il porte son parapluie sur l'épaule gauche et marche au pas accéléré.

Aquarelle. Signée des initiales **L. M.** et datée 1816.

(H. 0,16. L. 0,09).

MERSON (Luc-Olivier)

36. **Salomé.**

Plume et aquarelle rehaussé de gouache. Signé.

(H. 0,42. L. 0,23).

MORIN (Edmond)

37. **Paysage à Dampierre.**

Aquarelle. Signée et datée mars 1871

(H. 0,27 L. 0,45).

NEUVILLE (Alphonse de)

38. **Portrait d'officier.**

Croquis à la mine de plomb. (H. 0,21. L. 0,14).

NOEL (Gustave)

39. Les Ruines du Château de Gisors.

> Aquarelle. Signée.   (H. 0,26 L. 0,32).

40. Vues de Normandie.

> Quatre aquarelles.

41. Vue à Pont-Audemer.

> Aquarelle Signée.   (H. 0,27. L. 0,39).

OUVRIÉ (Justin)

42. Entrée d'un port, avec phare et bateaux de pêche.

> Sépia. Signé et daté 1833.   (H. 0,20. L. 0,30).

PÉZANT (Aym.)

43. La Récolte du Varech.

> Important dessin à la pierre noire. Signé.
> (H. 0,37. L. 0,50).

RAFFET (Attribué à Aug.)

44. Tambour du 14ᵉ léger.

> Aquarelle.   (H. 0,17. L. 0,10).

SCHEFFER (attribué à Ary)

45. Le Christ et les Saintes femmes.

> Crayon noir rehaussé de gouache.
> (H. 0 37. L. 0,30).

SCHWERDGEBURTH (Amélie)

46. Jeune femme coiffée d'un large chapeau, tenant des pigeons.

> Lavis de sépia. Signé.   (H. 0,40. L. 0,31 1/2).

SERGENT (Lucien)

47. Après la bataille.

> Napoléon suivi de son état-major visite un champ de bataille.
> Plume. Signé et daté 88.   (H. 0,16. L. 0,26).

TIMMERMANS (L.)

48. Entrée du port de Honfleur.

> Aquarelle. Signée.   (H. 0,35. L. 0,26).

49. Entrée du port de Fécamp.

> Aquarelle. Signée.   (H. 0,35. L. 0,25).

50. Falaises à Etretat.

> Aquarelle. Signée.   (H. 0,26. L. 0,37).

TURNER (attribué à)

51. Paysage.

> Plume et aquarelle.   (H. 0,17. L. 0,24).

WILLETTE (A.)

52. Sérénade, modèle pour menu.

> Crayon bleu. Signé.   (H. 0 23. L. 0,16)

DESSINS ANCIENS

Aquarelles
Gouaches, Miniatures

BERGHEM (Nic.)

53. Berger ramenant son troupeau.

> Crayon noir, rehaussé d'aquarelle et de gouache.
> Collection Jean Gigoux.   (H. 0,22. L. 0,32)

BIENCOURT (F.-S.)

54. Paysages avec pêcheurs. Deux pendants.

> Lavis de bistre, un est signé *F.-S. Biencourt, fécit.*
> (H. 0,29. L. 0,38).

BLARENBERGHE (genre de Van)

55. Récréation champêtre.

> Gouache ovale.   (H. 0,08. L. 0,10 1/2).

BLOEMAERT

56. Feuille d'étude : Personnage tenant une trompette. — Etudes de mains et de bras.

> Sanguine rehaussée de gouache. Cadre ancien en
> bois sculpté.   (H. 0,30. L. 0,19).

BOILLY (Louis)

57. Jeune femme assise devant une table.

> Crayon noir et estompe, rehaussé de blanc.
> (H. 0,30. L. 0,22)

BOILLY (Jules)

58. Portrait d'homme.

> Crayon noir rehaussé de gouache, signé Jules
> Boilly, 1821.   (H. 0,22. L. 0,16 1/2).

BOTH (J. et And.)

59. Paysage avec ruines, animé de figures et d'animaux.

> Lavis d'encre de chine.   (H. 0,25. L. 0,36).

BOUCHARDON (Edme)

60. Trois médaillons d'après des bas-reliefs anti-
ques. Au centre, La Probité ; à droite, Le
Commerce ; à gauche, La Force.

> Petits dessins à la sanguine dans le même cadre.
> Collection du Marquis de Chennevières.

BOUCHER (Fr.)

61. Paysage d'après nature.

> De grands arbres entourent une pièce d'eau. Au
> premier plan, un batelier pousse sa barque ; à
> droite une masure.
> Crayon noir et estompe.
> Cadre ancien en bois sculpté et doré.
> (H. 0,33. L. 0,47).

BOUCHER (attribué à Fr.)

62. Groupe d'Amours.

Crayon noir sur papier gris. (H. 0,29 L. 0,25).

BREBIETTE (P.)

63. La Peinture, allégorie.

Plume et lavis d'encre de chine. (H. 0,12. L. 0,20).

CARRACHE (Aug.)

64. Etudes de têtes.

Plume. Collection His de la Salle.
Beau cadre ancien en bois sculpté et doré, époque Louis XIII. (H. 0,21. L. 0,16).

CHALLE (M.)

65. Environs de Tivoli.

Pierre noire, rehaussé de blanc sur papier gris.
Signé. (H. 0,40. L. 0,53).

COYPEL (Ch.)

66. Apothéose d'un Saint.

Sanguine : Composition décorative pour peinture murale. (H. 0,36. L. 0,48).

DESRAIS (Cl.)

67. Allégorie : Moïse offrant des lunettes à un naturaliste qui les refuse.

Plume et lavis de Sépia. (H. 0,30. L. 0,36).

DURER (Ecole de Albert)

68. Etude de femme nue.

    Crayon noir.   (H. 0,25. L. 0,17).

DYCK (attribué à Ant. Van)

69. Portrait d'homme.

    Crayon noir légèrement rehaussé de couleurs sur papier bleu.   (H. 0,24. L. 0,18).

FORTY

70. Fontaine avec vasque ornée de dauphins.

    Plume et lavis, signé de l'initiale.

             (H. 0,26. L. 0,18 1/2).

FRAGONARD (H.)

71. Figure d'homme accroupi.

    Vigoureuse étude à la pierre noire.

             (H. 0,21 1/2. L. 0,29).

72. Etude d'homme nu couché.

    Pierre noire.   (H. 0,20. L. 0,31).

FRAGONARD (genre de H.)

73. Jeune femme assise allaitant un enfant.

    Sépia.   (Diam. 0,18)

FREUDENBERG (S.)

74. Scène d'intérieur.

Lavis d'encre de chine.   (H. 0,11. L. 0,12 1/2).

GELLEE (attribué à Claude)

75. Paysage avec pêcheur.

Plume et lavis.   (H. 0,22. L. 0,32).

GOUJON (attribué à Jean)

76. Motif de décoration.

Plume et lavis. Cadre ancien, noir et or
                          (H. 0,20. L. 0,17).

GRAVE (S.-E.)

77. Paysage avec chasseur.

Lavis d'encre de chine signé : *S.-E. Grave, fécit 1792*.
                          (H. 0,31. L. 0,43).

GREUZE (J.-B.)

78. Jeune femme assise donnant à boire à un chat.

Charmante esquisse au lavis de sépia.
                          (H. 0,13. L. 0,11 1/2).

GREUZE (d'après J.-B.)

79. La Philosophie endormie. (Portrait de Madame Greuze).

Crayon noir.   (H. 0,18 1/2. L. 0,16).

HOGGERS (H.)

80.   Femme assise.

      Lavis d'encre de chine, signé et daté 1795.
                        (H. 0,16. L. 0,14).

HUET (J.-B.)

81.   Berger et troupeau.

      Crayon noir et lavis de bistre.
                        (H. 0,23. L. 0,32)

HUET (attribué à J.-B.)

82.   Le Moulin.

      Sanguine.   (H. 0,20. L. 0. 31).

83.   Pastorale.

      Plume et sanguine.   (H. 0,18. L. 0,26).

LECOMTE

84.   Projet de monument.

      Plume et lavis d'encre de chine rehaussé d'aquarelle.
      Signé ; Lecomte, inv. et féc., a. 1778.
                  (H. 0,35. L. 0,24).

LAFAGE (Raymond)

85. Scène antique. Cartouche orné.

      Plume.   (H. 0,25. L. 0,28).

LAGNEAU

86. **Paysanne tenant une corbeille de fruits.**

Crayons de couleurs.

(H. 0,36. L. 0,25).

LAGNEAU (Ecole de)

87. **Portrait de femme, la tête couverte d'un voile.**

Crayon noir rehaussé de sanguine.

(H. 0,36. L. 0,26).

LAGRENÉE le jeune.

88. **L'Amour et la Vérité.**

Plume et lavis de sépia. (H. 0,20. L. 0,28).

LE GUAY (Ch.-Et.)

89. **La Grande sœur.**

Pierre noire.

(H. 0,15. L. 0,11).

LALLEMAND

90. **Scène champêtre.**

Plume et lavis d'encre de chine.

(H. 0,21. L. 0,34).

LE MOYNE

91. **Figure drapée.**

Sanguine, signée.

(H. 0,26. L. 0,20).

LANCRET (genre de Nic.)

92. Récréation champêtre.

> Gouache. — Cadre ancien en bois sculpte et doré
> de l'époque Louis XIV.   (H. 0,10 1/2. L. 0,15).

LARGILLIÈRE (de)

93. Etudes de draperies.

> Pierre noire rehaussée de craie sur papier bleu.
> (H. 0,45. L. 0,28).

LE PRINCE (J.-B.)

94. Paysage russe avec chaumière et personnages.

> Crayon noir. Signé des initiales et daté 1760.
> (H. 0,12. L. 0,19 1/2).

LOCATELLI

95. Paysage animé de figures et de cavaliers.

> Plume et lavis. — Cachet de collection.
> (H. 0,25. L. 0,39 1/2).

LOUTHERBOURG (P. J. de)

96. Berger assis jouant de la flûte.

> Crayon noir lavé de sépia. (H. 0,21. L. 0,29 1/2)

MACHY (de)

97. Intérieur de Palais.

> Lavis de bistre. — Cadre en bois sculpté.
> (H. 0,21. L. 0,26).

MACHY (de)

98. Palais et obélisque.

Plume et lavis d'encre de Chine.
(H. 0,21. L. 0,28).

MARILLIER (C. P.)

99. Sujet mythologique.

Orphée, assis sur un rocher à l'entrée d'une grotte, le bras droit appuyé sur une lyre, est entouré d'hommes, de femmes, d'enfants et d'animaux.

Beau dessin à la mine de plomb. Signé en toutes lettres et daté 1773 — Collection du marquis de Chennevières. (H. 0,19. L. 0,14).

100. Fleuron avec attributs guerriers.

Plume et lavis d'encre de chine
(H. 0,05. L. 0,09).

MINIATURES

101. Laveuses.

Petite peinture de forme ovale dans un écrin.
(H. 0 05. L. 0,06).

102. Lettre G ornée avec nombreuses figures, tirée d'un antiphonaire.

Miniature. (H. 0,13. L. 0,14).

103. Marine.

Petit fixé de forme ronde. (Diam. 0,055ᵐ).

104. Paysages avec grands arbres.

Deux fixés sur verre. Signés *Gillette*.
(H. 0,07 1/2 L. 0,09).

MURILLO (atribué à)

105. Etudes de mains.

>Sanguine. (H. 0,23. L. 0,14).

NATTIER (M. R.)

106. Feuille d'études : Pupitre, partitions et draperies. Au verso, étude de draperies.

>Pierre noire, rehaussé de craie sur papier gris.
Collection E. Rodrigues. (H. o 38. L. 0,23).

NICOLLE (V. J.)

107. Basilique de Sainte-Marie Majeure, à Rome.

>Belle et importante aquarelle. Signée.
(H. 0,15 1/2. L. 21 1/2).

108. Vue de l'église de Saint-Aignan, à Orléans.

>Belle aquarelle. Signée (H 0.18. L. 0,12).

109. Intérieur de cour, animé de personnages.

>Aquarelle. (H. 0,12. L. 0,10).

110. Vue de l'Arc de Titus, prise du côté du
colisée, à Rome.

>Spirituelle aquarelle où l'on voit, au milieu de la
foule, un moine prêchant, hissé sur une borne.
Signée. (H. 0,07. L. 0,11).

111. Vue des restes du Temple de la paix, près
de la Voie sacrée à Rome.

>Très fine aquarelle, signée. (H. 0,07. L. 0,12).

NICOLLE (V.-J.)

112. **Vue des monts Vésuve et de la Somma à Naples, prise de la porte de Chateauneuf.**

> Très fine aquarelle de forme ronde, signée des initiales. (Diam. 0,08 1/2)

113. **Vue du Pont Royal, du Palais et du Jardin des Thuilleries.**

> Plume et lavis de sépia. Collection du Marquis de Chennevières. (H. 0,10. L. 0,16).

114. **La Seine, vue du Pont Neuf.**

> Aquarelle miniature de forme ronde. (Diam. 0,065 m.).

NICOLLE (attribué à V.-J.)

115. **Place d'une ville d'Italie, avec église et obélisque.**

> Plume et aquarelle.
> Cadre ancien en bois sculpté et doré de l'époque Louis XIV. (H. 0,31. L. 0,39).

NILSON (attribué à)

116. **Dame se reposant de la chasse.**

> Gouache pour éventail.
> (H. 0,17 1/2. L. 0,28 1/2).

OMMEGANG

117. **Etude de chèvre.**

> Crayon noir, signé des initiales.
> (H. 0,15. L. 0,18 1/2).

PATEL (attribué à)

118. **Femme ermite dans une cabane en bois.**

Gouache.
Cadre en bois naturel sculpté.
(H. 0,13 1/2. L. 0,16 1/2).

PATEL (genre de)

119. **Paysages animés de figures et d'animaux.**

Deux gouaches sur parchemin faisant pendants.
(H. 0,12. L. 0,16).

PATER (J.-B.)

120. **Etude de femme assise.**

Sanguine.   (H. 0,24. L. 0, 18).

PERNET

121. **Paysages avec habitations et ruines, animés de figures.**

Deux pendants de forme ronde.
Plume et aquarelle.   (Diam. 0, 17).

122. **Paysages avec palais et ruines, animés de figures.**

Deux pendants de forme ovale.
Plume et lavis de Sépia.
(H. 0,18. L. 0,14).

PERUZZI (Balth.)

123. Figure d'homme drapé.

> Pierre noire.
> Collection Jean Gigoux.
> Beau cadre ancien, en bois sculpté et doré de l'époque Renaissance. (H. 0,28. L. 0,17).

PICART (Bernard)

124. Les Joueurs de cartes.

> Jeu, est-il jeu, ou s'y c'est une rage.
> Ouy, il est jeu pour l'homme sage.
> Mais pour ces foux qui jouent, et prennent feu,
> Il est bien plus rage que jeu.
>
> Plume et lavis d'encre de chine.
> A été gravé. (H. 0,10. L. 0,17).

PIERRE (J.-B.-M.)

125. Le Bain de Diane.

> Composition à la pierre noire. (H. 0,44. L.0,33).

PILLEMENT (Jean)

126. Paysages avec chaumières et cours d'eau. Deux pendants.

> Plume et lavis d'entre de chine. (H.0,17. L.0,25).

POUSSIN (attribué à Nicolas)

127. La Sainte face et études d'anges.

> Plume et lavis. (H 0,25. L. 0,37).

ROBERT (Hubert)

128. Place avec obélisque et palais.

    Plume.   (H. 0,13 1/2. L. 0 21).

129. Ruines.

    Plume et sépia.   (H.0 20 L. 0,30).

130. Paysage d'Italie avec pont et Pêcheur.

    Contre-épreuve à la Sanguine.
                       (H. 0,39. L. 0,26).

ROBERT (genre de Hubert)

131. Deux personnages auprès d'un temple en ruines.

    Plume et aquarelle.   (H. 0,13. L. 0,20).

132. Deux personnages devant des ruines romaines.

    Plume et aquarelle.   (H. 0,13. L. 0,20).

ROSSO (R. del)

133. La Vierge et l'Enfant Jésus.

    Plume. Cachet de collection. (H. 0,39. L. 0,28).

SAUVAGE

134. Bacchante.

    Crayon noir rehaussé de blanc.
                       (H. 0,18. L. 0,29).

SILVESTRE (L. de)

135. **Résurrection.**

Sanguine.   (H. 0,30. L. 0,23).

SLODTZ (Michel-Ange)

136. **Portraits présumés de Mᵣ et Mme Trudaine de Montigny. Représentés de profil à droite sur la même feuille.**

Contre-épreuve à la sanguine. Signé à gauche *Michaël Angelo Slodtz A° MDCCLXI.* Cadre en baguette ancienne de l'époque Louis XVI.

(H. 0,41. L 0,47).

SWEBACH-DESFONTAINES

137. **L'Empereur entrant à Berlin, le 27 Octobre 1808.**

Plume et lavis d'encre de chine.

(H. 0,24 1/2. L. 0,38).

TENIERS (d'après)

138. **Danse villageoise.**

Aquarelle ovale.   (H. 0,09. L. 0,15).

TINTORET (attribué au)

139. **Une Circoncision.**

lume et Lavis. Collection Flury-Hérard (n° 680).

(H. 0,10. L. 0,18).

TRINQUESSE (L.)

140.   Jeune femme dormant sur un canapé.

Pierre noire.   (H. 0,29. L. 0,28).

VERNET (attribué à Joseph)

141.   Un naufrage.

Plume et mine de plomb.

(H 0,14 1/2. L. 0,19 1/2).

VIEN (J.-M.)

142.   Le Triomphe de la Révolution.

Beau et important dessin à la plume lavé de sépia.
Signé à gauche. Collection du Marquis de Chennevières.

" (H. 0,34. L. 0,48).

WAAL (de)

143.   Barques accostant.

Plume et lavis de sépia. Signé *De Waal fécit.*

(H. 0,18. L. 0,28 1/2).

WATTEAU (Louis-Fr.)

144.   Costume de femme, vu de dos.

Plume. — Cachets de collections Cadre baguette
ancienne sculptée.

(H. 0,17. L. 0,10).

WATTEAU (Ant.)

145. Etude d'homme jouant de la flûte.

Sanguine.   (H. 0,17. L. 0,13 1/2).

146. Figure debout.

Crayon noir rehaussé de blanc.

(H. 0,21. L. 0,10).

147. Etude de draperie.

Sanguine rehaussé de blanc, sur papier gris.

(H. 0,17. L. 0,18).

148. Comédiens italiens. Deux études sur la même feuille.

Contrépreuve à la sanguine.   (H. 0,21. L. 0,16).

WEIROTTER

149. Paysage avec ruines et personnages.

Plume et aquarelle.   (H. 0,11 1/2. L. 0,14).

WILLE (J.-G.)

150. Paysage, avec tour en ruines.

Crayon noir et lavis de sépia. Signé : *Dessiné à Laqueux par J. G. Wille, 1784.*
Montage ancien signé *ARD*.   (H. 0,26. L. 0,35).

WITT (J. de)

151. Tête d'enfant, profil à gauche.

Crayons de couleurs. Cadre ovale ancien.

(H. 0,17 1/2 L. 0,13 1/2).

ZAUS

152. **Paysages avec palais, ruines, et animés de figures. Deux pendants.**

   Plume et lavis d'encre de Chine. Un est signé.
   (H. 0,30. L. 0,41).

ECOLE ALLEMANDE (XVI· siècle)

153. **Le Christ en croix.**

   Plume.
   Cadre ancien en bois sculpté et doré.
   (H. 0,14 1/2. L. 0,11).

ECOLE ANCIENNE

154. **Jésus devant Pilate.**

   Crayon noir.   (H. 0,27. L. 0,21).

ECOLE FLAMANDE

155. **Portrait d'un jeune seigneur.**

   Pierre noire.   (H. 0,40. L. 0,29).

ECOLE DE FONTAINEBLEAU

156. **Femmes et enfants.**

   Plume et lavis de bistre.   (H. 0,26. L. 0,37).

ECOLE FRANÇAISE (XVIII· siècle)

157. **Eole.**

   Sanguine.
   Collection du marquis de Chennevières.
   (H. 0 21. L. 0,29)

ECOLE FRANÇAISE XVIIIᵉ SIECLE

158. **Paysage avec cours d'eau et moulin à vent dans le fond.**

> Gouache.
> Cadre ancien en bois sculpté et doré de l'époque Louis XVI. (H. 0,16 L. 0,19).

159. **Paysage avec château sur les bords d'une rivière.**

> Aquarelle (H 0,13. L 0,24).

160. **Sujet mythologique.**

> Lavis d'encre de chine. (H. 0,43. L. 0,35).

161. **Le Songe de Jacob.**

> Composition à la sépia, très largement traitée.
> (H. 0,31. L. 0,41).

162. **Paysage montagneux, animé de figures et d'animaux.**

> Gouache. (H. 0,23. L. 0,29).

163. **Danse villageoise.**

> Sanguine. (H. 0,16. L. 0,15).

164. **Le Palais et l'esplanade des Invalides, avec vue de la Seine, bateaux, chevaux de halage et de nombreux promeneurs.**

> Composition à l'aquarelle pour une vue d'optique.
> (H. 0,27. L. 0,44).

ECOLE FRANÇAISE

165. **Paysage avec château-fort.**
Gouache.   (H. 0,08 L. 0,11 1/2).

166. **Salon de Madame de Genlis ?**
Gouache.   (H. 0,09. L. 0,09).

167. **Marine.**
Gouache.   (H. 0,08 1/2. L. 0,11 1/2).

168. **Jeune femme assise tenant un perroquet sur la main.**
Sanguine ovale.   (H. 0,32. L. 0,24).

169. **Portrait de femme.**
Crayons de couleurs.   (H. 0,20. L. 0,15 1/2).

170. **Ruines de Mycène.**
Aquarelle.   (H. 0,20. L. 0,32).

ECOLE HOLLANDAISE XVII SIÈCLE

171. **Retour du Tournoi.**
Gouache pour éventail.   (H. 0,33. L. 0,58).

172. **Un sacrifice. Composition pour éventail.**
Gouache.   (H. 0,25. L. 0,50).

ECOLE HOLLANDAISE XVII⁐ SIÈCLE

173. Le Triomphe de l'Amour. Composition pour
éventail.

Gouache.   (H. 0,25. L. 0,50).

ECOLE ITALIENNE XVII⁐ SIÈCLE

174. Statue d'Apollon, villa Pamphile.

Sanguine.   (H. 0,23. L. 0,15).

GRANDE IMPRIMERIE DU CENTRE. — HERBIN. MONTLUÇON.